아침에 피는 꽃

이세영 시집

아침에 피는 꽃

책 마 루

초판 1쇄 인쇄 | 2014년 8월 20일
초판 1쇄 발행 | 2014년 8월 25일

지은이 | 이세영
펴낸이 | 김명숙

표지디자인 | 민경영

펴낸곳 | 책마루
등록 | 제 301-2008-133
주소 | 서울 중구 퇴계로235 남산자이 304호
전화 | 02-2279-6729 전송 | 02-2266-0452

ISBN 978-89-98437-01-5

이 시집은

소천하신 부모님께 엎드려 눈물로써

감사드리며 바칩니다.

. . .
인사말

덧없는 세월 타고 고희(古稀)를 훌쩍 넘겼습니다.

허무하고 씁쓸한 마음 가눌 길 없을 때 시를 접하게 되었으니 울 수도 웃을 수도 없는 심정입니다.

살아온 길은 뱃길 같아 시간이 지날수록 지워져 가는데 짓눌린 생명의 싹은 아직은 내면 깊은 곳에서 꿈틀거립니다. 생명의 싹은 내 속에 있으면서도 내 것은 아니었습니다. 나는 주어진 삶을 성실하게 살아 온 것 같지 않아 내게 남은 생명의 길이가 어떠하든 최선을 다하여 살아야 된다고 느꼈습니다.

시에는 달콤한 눈물 속에 생명과 사랑과 자유라는 알맹이가 들어 있다는 것을 깨닫게 되었고, 그 바탕에서 "아침에 피는 꽃"이라는 첫 시집을 상재하게 되었습니다.

저를 아끼고 격려해 주신 많은 분들과 시집을 편집해 주신 분들께 감사드립니다. 특별히, 평설을 맡아주신 이성교 박사님께 깊은 감사의 말씀을 드립니다.

평생의 반려자로서 고락을 함께 한 심성숙 그리고 아들, 딸, 며느리, 사위, 손자, 손녀에게 사랑하는 마음을 전하고 싶습니다.

무엇보다도 소천하신 부모님께 엎드려 눈물로써 감사드리며 이 시집을 바칩니다.

2014년 월 일

나의 시세계

속 사람을 부드럽고 따뜻하게 살찌우는 것에는 여러 분야가 있겠지만 특히 나에겐 문학만한 것이 없는 듯하다. 문학의 여러 장르 중에서 소설과 수필은 즐겨 읽었지만 유독 詩만은 거리감이 있었다. 그러나 때로 마음에 달라붙는 멋진 시를 접하였을 때는 시인의 시상이 내속에서 살아 함께 호흡하는 느낌을 받을 때 그 흐뭇한 감동이야 무어라 표현할까?

문학은 읽는 것으로 족하여야지…. 그렇게 살면서 고희(古稀)를 넘겼다. 그런데 어느 날 지인으로부터 작품을 써달라는 부탁을 받고 마지못해 수필과 시 몇 편을 써 보냈다.

2012년 여름 등단이 되면서 나의 마음은 천근같이 무거웠다. 작품을 쓴다는 것은 문학을 좋아한다는 것과는 전혀 다른 차원이라는 것을 깨닫게 되었다. 부끄럽기도 하고 죄송하기도 하고….

나의 시 세계는 인생 70을 넘겨 시작되었으니 갈 길은 짧고 하고픈 이야기는 많아 삶의 경륜 속에서 찾을 수밖에.

인생은 아름다운 것, 새로운 것, 자아의 실현을 위하여 희망을 가지고 싸운다고 하지만 내겐 늘 가래가 목에 낀 것처럼 컬컬하였기에 그것을 토해낼 길은 시를 통하여 배설할 수가 있는 것 같았다. 서투르지만 아주 조금씩 글을 쓰면서 고민과 그리움 때로는 소망을 시작(詩作)을 통하여 풀어낼 때 뜨듯한 눈물은 차라리 환희라고 하여야겠다.

비록 올챙이 시인이지만 삶 속에서 맺혀진 응어리가 나의 시 세계의 텃밭이라고나 할까? 나에게 시가 무엇이냐고 묻는다면 나는 "삶의 사리(舍利)를 그린 것"이라고 말하리라.

나는 가끔 시를 쓰면서 미안함과 부끄러움을 녹인 눈물을 삼키며 운다.

차례

제1부

제2부

차례

제4부

甲午年 해맞이

무궁화 야간열차로 寅時頃
부산 해운대 백사장 파도
허연 거품을 토하며
캄캄한 바다에서 울고 있었다
한 많은 계사년을 못내 잊은 듯

끝도 시작도 없는 바다와 하늘
어두움에 묻혀 새까만데
저 멀리 상선의 불빛만 깜박깜박
신선한 바람은 고요를 깨고

동녘을 쳐다보는 마음의 눈
피곤도 지루함도 잊게 하고
甲午年 각가지 소원을 담아
기대감에 가슴이 떨린다.

시간은 동녘에서 조짐이 나타나
어둠을 뚫고 여명이 솟아나는데
瑞氣어린 뽀얀 안개가 엄숙하게
연분홍으로 번지면서 밝아지고

숨죽인 수많은 해맞이 사람들
창공엔 수천 개 꿈 실은 풍선이 날리고
하늘엔 헬리콥터가 빙빙 돌고
바다엔 모터보트 파도를 가르고
백사장엔 말 탄 기수 활기차게 뛰고

보름달 같은 빨간 해는
너무너무 어여뻐 눈 속에 가득 담았는데
빠르게 점점 하얗게 이글거리며
눈 속에 숨긴 거짓과 허욕을 삼켜버린다.

아침에 피는 꽃

뽀얗게 쏟아지는
아침 햇살
숲 속의 잎들은
얼굴을 내밀고

엄마의 포근한 품에서
젖꼭지 물고 잠든 아기같이
찬란한 태양을 빨며
미풍에 살랑살랑
왈츠를 추면서도
떨어질 줄 모르는
뜨거운 포옹

싱그럽고 절절한 생명은
별빛처럼 반짝반짝
아침에 피는 꽃이여

사랑의 메시지는 온 누리에…

시는 길잡이

詩는 사랑입니다.
겨울 내 겹겹이 쌓인 눈
봄눈 녹이듯 방울방울
생명을 키우는
사랑의 눈물입니다.

詩는 정입니다.
험한 산 길목을 막는
태산 같은 큰 바위
조각조각 찍어내는
의지의 정입니다.

詩는 거울입니다.
음험한 세상 틈에 끼여
갈팡질팡하는 自我
잔잔한 호수에 비치는
깔끔한 거울입니다.

詩는 생명입니다.
가난과 질고에 좌절된 삶
소망과 용기의 싹
소록소록 키우는
생명의 눈물입니다

丹陽別曲

높은산 깊은계곡 호젓한땅 내고향
산골물 굽이굽이 산길따라 흐르네
동녘에 해돋이가 기꺼워서 단양군
산자락 양지따라 정든집에 사랑가

정선에 아리랑을 동강물에 절여서
영월에 단종애환 한서린물 담아서
자갈길 꼬불꼬불 정갈나게 걸러서
남한강 도담삼봉 잠자는듯 쉬다가

밤에는 불길다리 한낮에는 꽃다리
쭉뻗은 단양다리 높디높은 다리밑
낚시꾼 강심에서 쏘가리떼 송어떼
청정수 한강수로 매콤한탕 끓이네

구인사 영춘가곡 꼬부랑길 넘는데
높은재 하늘아래 호연지기 샘솟고
상선암 신선들이 구름타고 내리네
소백산 철쭉꽃잎 꽃잎나팔 부르때

도학자 퇴계선생 단양원님 오셨네
어즈버 꿈이련가 세월따라 가는데
애타게 손짓하는 청풍명월 가세나
여기사 단양팔경 천하강산 아닌가

야생화

된 서리 모진 비바람 견디며
척박한 땅에 뿌리박고 산
인고의 세월 몇몇 해인가
비록 깡마른 난쟁이련만
철 같은 의지와 강인한 체력

원시 색깔 진한 향기로
먼 산 벌 나비 불러들여
불타는 사랑으로 꽃씨를 맺고
삭막한 대지 위에
아름답고 찬란한 군락 이루네

가오리

– TV 휴의 영상에서

깊고 너른 푸른 바다 속
솥뚜껑 같은 커다란 날개를 펴
긴 빨랫줄 꼬리를 흔들며
이리저리 너울너울 춤추는
유유자적한 자유로움

작은 고기 큰 고기 산호초 해파리
모두모두 함께 노는 생활 공동체
막힘도 해함도 없는 평화로운 삶
아름답고 그리운 모습이여!
그 중에 잠수부 발레를 하네

만남1

어스름한 다방 소파에 앉아
따끈한 커피 잔 앞에 놓고
포근한 정담을 주고받는

차분하고 분명한 말뜻으로
인품이 비치는 이야기
배려하는 말 속에 품격이 담겨

우리의 만남이 서너 차례지만
헤어질 때 언제 또 만날까
자꾸만 그립고 아쉬운 만남

만남2

살아가는 이야기 오랜만에
기뻤던 일 슬펐던 사연
평안한 마음 풀어
주렁주렁 수다스런 말

길어지는 사연은 물 흐르듯이
소설같이 펼쳐지는 스토리
들을수록 빠져드는 말

뭉게구름 떠도는 정자나무 아래서
시원한 바람 같은 눈물 젖은 추억
도란도란 꽃피우는 우리의 만남

만남3
- 사랑하는 사람

떠들썩한 찻집에서
모락모락 커피 향 맡으며
뜨거운 눈빛을 마주보고
마냥 그렇게 마음을 주고받는
눈짓으로 나누는 깊은 이야기

고개만 끄덕끄덕
눈 속에 사랑의 열매
떨어지면 흩어질까 봐
눈꺼풀 못 닫는 말

오래오래 함께 하고픈
끝 모르는 사랑으로
애타는 아쉬운 만남

만남 4
– 그리운 어머니

요요한 달빛 은은히 노크하는
깊은 밤 고요한 창가에서
쓸쓸한 늙은 마음 시름에 잠길 때

공연한 눈물 속에 어렴풋한 얼굴
그렇게 그리던 어머니련만
초연한 밝은 모습 어느새 사라지고

꿈에라도 보고픈 애타는 심정
불러 봐도 그리워도
어쩔 수 없는 만남

만남 5

 - 껄끄러운 사람

까랑까랑 급한 목소리
토막토막 끊어지는 더듬는 말
정 주고 받을 때
자꾸만 자꾸만 주춤주춤

남의 말을 듣는 둥 마는 둥
하고 싶은 이야기만 늘어놓는
훈장님 같은 세세한 설명
두 번 다시 망설여지고

낮고 굵은 목소리로 느릿느릿
이죽거리고 비틀고 능글맞은
들을수록 복장 터지는 이야기
생각사로 징그러운 만남

五月의 太陽

찬란한 햇살은
바람을 타고
산으로 들로 바다로
生命을 깨운다

농부도 어부도
따가운 햇살에
희망을 열고

아카시아 꽃향기는
온 누리에 퍼져
사랑과 정열이 춤추는
약동하는 생명
이글대는 오월의 太陽이여

청청한 대나무

하늘 쑤시는 푸른 대숲
외골로 쭉 뻗은 절기(絕奇)
청청한 생애
천기(天氣)담아 꽃 피우면
천상(天上)으로 가려는가
고매(高邁)한 넋
만고(萬古)에 아름다움이여!

삼복(三伏)에 피는 꽃

작열(灼熱)하는 태양 에너지
생명(善)은 태양을 삼키고 속살 찌워
영생의 씨앗을 창조한다

이글거리는 태양에 죽임(惡)을 당하면
생명은 소멸되고 분토되어
영생의 밑거름으로 된다

죽음(惡)은 또 다른 생명(善)의 시작일 뿐
작열하는 태양, 삼복에 피는 꽃은
아름다운 생명, 창조의 꽃이어라

민들레

한 송이 민들레 길섶에서 시달려도
청순한 노란 꽃 천연스럽다
새아씨 얼굴처럼 반듯한 민들레
엄마의 넋을 담은 꿈 조각 하나
솜털 날개 타고 강 건너 산 넘어
살랑살랑 바람 따라 동서남북 어디에
이별의 아픔도 웃으면서
흰 머리 늘어트리고 홀로 서 있네

분수(分數)를 모르고

장마철 지렁이
분수를 모르고
땅 속 장막을 벗어나
물길 따라 맨땅에
허둥지둥 헤매다
한여름 땡볕에 말라
처량하게 죽어간다

젖 물린 엄마

찐빵 같은 젖 봉우리 살며시 열어
사랑을 빨리는 산딸기 젖꼭지
갓난 천사의 입에 생명선 물리네

천연한 평안과 도취된 행복감
절묘한 생명의 하모니
샛별보다 더욱더 찬연한 어여쁨

성스럽고 거룩한 아름다움이여!

입추

창공에 뭉게구름 푸른 숲에 걸려
갈 줄 모르는 듯 엉거주춤
나뭇잎 흔들어 바람은 알리고
쏟아붓는 아침햇살 나무 숲 덮네

나뭇잎 반짝반짝 재롱부리며
잠자리 떼 신나게 공중을 날고
한여름 무더위 꼬리를 내리는지
훈훈한 바람에 살가운 맛 품었네

엊그제 입추가 지났다는군

自然 속에서

광활하고 변화무쌍한
있는 그대로
진실한 곳
평온과 아름다움을 간직한
영원한 안식의 바탕이여

생명은 강물처럼 흐르고
틈틈이 사랑이 배어 있는
그곳에
거짓과 위선의 삶을 묻고
自然의 진국에 젖어

꿈 없는 잠에
오래오래 빠져봤으면…

빛 바랜 창호지

빛 바랜 창호지
파리똥 절은 때 거미줄
살살 말끔히 닦아
여닫이 창살문에 바를 때
측백잎 은행잎 멋지게 넣고
하얀 창호지 그림같이 오려
눈 높이 창살문에
깨끗한 유리를 끼워 바르면

창살 그림에 창밖 경치는
생동하는 활동사진
절묘한 하이브리드

고목

태초의 비밀을 지니고
긴긴 풍상을 겪으며
그냥 그 자리에 선 파수꾼

숱한 생명은
세월을 타고
낳고 또 사라졌건만
너만은 오직

창조의 뜻을 전하려
캄캄한 외로움을
홀로 견디는구나.

뭉게구름

한여름 뭉게구름 날 오라 손짓
고달픈 세파에 슬퍼만 말고
구름 속 숨겨 논 꽃가마 타라네

저 멀리 뭉게구름 날 보고 오네
인간사 나 홀로 한탄만 말고
구름 속 신선들 바둑 한 수 놓자네

쓸쓸한 뭉게구름 서산에 걸터앉아
붉은 놀 어리는 강 쪽배에 서서
구성진 시조 한 수 읊어 보라네

제2부

나그네의 삶

세월 타고 가는 인생
어디 쯤일까 지금은
이글거리는 해 서산에 걸려
붉은 눈물로 온 산을 적시고

가는 길 차마 못 가려는 듯
둥근 달 되어 멈추어 섰네

쓸쓸한 나그네 삶
쉬엄쉬엄 가면 어떨까!

침묵

텅 빈 시간이 멈추고
어색한 고요가 흐르는데
하고픈 말을
은밀히 맞춰보리라

행여
고요를 깨면
소요(騷擾)로 오인될까 봐
차라리
무거운 시간이 끝나기 전
"침묵이 금"이라고
마음에 쓰리라

소낙비

한바탕 하늘이 통곡을 하고
산골짝에 먹구름이 덮쳐
삼키려는가 흐느끼는가
찢어진 구름 틈으로
부챗살 같은 태양이 쏟아져
산골짝을 어루만지면

먹구름은 허옇게 되어
슬그머니 사라지고
산골짝은
산뜻한 속살을 드러내는데
오색 무지개는
아름다운 구름다리로 뻐기는구나

소낙비가 그친 후에는…

밤꽃

햇볕 따가운 한여름
울울창창한 산
밑자락 따라 내민
산발한 누런 꽃

진달래 철쭉 아카시아
꽃들의 전쟁을 벗어나
청청한 숲에서
날 보란 듯이

젖내를 풍기며
제멋대로 웃는 뽀얀 얼굴
뉘 감히 쓴소리를 하랴
당당히 "알밤"을 품었거늘…

한여름 밤

한여름 깊은 고요한 달밤
잠 못 이뤄 인생사 시름에 젖어
안타깝고 서러워 울적한 심정
떨어진 가족 생각 그리움 겹치고

산자락 밑 짙은 숲 상큼한 공기
창틈으로 몰려들어 스며드는데
한여름 무더위 어수선한 상념
하얗게 하얗게 씻겨가네

알 수 없는 서러움 눈물 한 방울

밤바다

하늘의 뜻
땅의 뜻
품고 사는 바다
캄캄한 밤
人間事 엉키면
산산이 깨어지는
검은 바다의 곡성

파도

수평선 넘어 피안의 장막
하늘 뜻을 담아
물결 타고 조용히
해안에 이르러
시컴한 바위 막아서면
허연 물보라 토하며
포효하는 소리

낙조(落照)의 삶

창가에 앉아
서산에 걸린 낙조를 본다

화려한 노을은
어두움을 부르고

한낮의
작열(灼熱)하던 생명력
솟구치는 의욕이
소멸되기 전

흰머리 만지며
침침한 눈 속에
아름다운 석양을 담는다

알밤

까시집을 열고
검붉은 당찬 얼굴로
세상을 하찮게 내려다보다가
마침내
숲속에 떨어져 뒹굴더니
다람쥐 밥이나 될 줄이야

한 그루 나무되어

험한 산 절벽 위에
외롭고 두려움에 떨면서도
그냥 그 자리에 서 있었습니다.

밤하늘 별들의 속삭임과
나풀대는 흰구름 유혹의 손짓에도
그냥 그 자리에 서 있었습니다

폭풍이 몰아치는 캄캄한 밤에
된서리 칼바람에도
그냥 그 자리에 서 있었습니다.

긴긴 세월 모진 풍파에
슬픔과 괴로움에 시달려도
그냥 그 자리에 서 있었습니다

한 그루 나무되어…

동강 다리

산으로 둘러치고
동강 물 가로지른
쭉 뻗은 동강 다리

제멋대로 멋 부린
황금송 몇몇 그루
한 폭의 그림 되어
산 밑에 새겨 있네

무슨 사연 있기에
동강 다리 자동차들
오락가락 하는 걸까

동강 물 꽃바람 맛에
취해본들 어떨까

아리랑 봄처녀

동강 물 유유(悠悠)한데
춘삼월 꽃바람은 살랑이네
산자락 기나긴 비탈길 따라
달리는 차 소리 은은하고

물오리 물 속에서 꿈을 꾸는가
뽀얀 햇살은 물결에 춤추고
살가운 바람 옷깃에 감미롭구나

정선에 아리 아리랑
봄처녀 아니런가

봄날

서기 어린 우유빛 햇살
안방 아랫목 온기
눈 녹은 바람
옷깃을 파고드는데
더운 듯 매서워
시샘에 몸살 나는 날
깊은 잠 꿈속엔들
아니 깨고 어쩌랴

봄처녀

개나리 샛노랗게 뽐내고
버들가지 파릇파릇 살랑살랑
목련화 환하게 깔 깔 깔
들녘에 아낙네들 나물 뜯고
공중에 봄처녀 덩실덩실

춘삼월 눈

새벽 눈이 창밖에 나풀나풀
어둔 세상 추한 마음에
소록소록 하얗게 쌓이는데
외롭고 절망한 자에게
포근한 옛정을 싣고서

눈이 하얀 속내는
어지러운 세상 하나 되어
춘삼월 햇살에 봄눈 녹으면
연한 새싹 동토를 뚫고
마른 가지에 꽃이 피리니

삶

첫시간부터
달리는 화물차
가족을 위해
목숨을 건다
산다는 것
하늘이 이끄는 힘

산 위에 산에서

구름 위 높은 산
산 위에 산에서
하늘과 땅-해후(邂逅)의 눈물
단비로 촉촉이 산을 적시고

태초의 비화(秘話)를 담은 생명들
삶의 터전이 되어
생명의 신비를 이어간다

산 속 단비는 약수로 되어
메마른 세상에 흘러흘러
갈급한 인생을 해갈(解渴)하고

베를린의 밤

도심에 흐르는 아담한 슈프레강
아기의 숨결처럼 잔잔하고
요요한 달빛은 가로등에 묻혀
행복한 꿈길을 헤매는 듯

자유와 질서가 넉넉한 도시
숲속에 싸인 점잖은 공간
늠름한 사자 잠들었는가?
깊어만 가는 베를린의 밤

사월에 싱그러운 가로수 잎은
슈프레강 위에서 춤을 추네

詩

시를 쓰며 읽다가
때때로 위를 보며 마음을 삭인다
빛 속에 빛이 없듯이
애잔한 순간 어른거리는
생명의 아픔이
사랑이며 시라는 걸 그 속에
아름다움과 기쁨을 맛본다.

어느 산장(山莊)에서

눈부신 찬란한 햇살
송림(松林) 속 산장(山莊)에
쏟아지는 향긋한 아침
세상사(世上事) 모두 접고
백치 되어 하얗게 웃는다.

어둠이 깔리는 저녁
짙은 구름 하늘을 덮고
별빛 없는 산장(山莊)의 밤
세상 짐 마음에 쌓이고
매정한 바람 냉가슴 저미네.

정 주고 가려는지

서산에 걸린 해
다홍 빛 눈물로
청평호수 물들이고
애잔한 정 물결따라 살랑살랑
정 주고 가려는지
눈물만 핑 돌고

한더위 휴식

한낮 더위는 기(氣)를 짓눌러
옥수수 잎도 늘어지고
귀여운 강아지도 헐덕이네

숲 속 나무들 낮잠을 자는 듯
숨죽인 바람에도 흔들거려
이글대는 한더위는 휴식으로

여름바다

푸른 물 맑은 하늘
포근히 얼싸안은 수평선 그 너머
사랑하는 님 깊이깊이 잠든 곳
따사한 햇살 타고 살가운 소식
마음 문 활짝 열고 높은 창공 날으네

수평선 저 멀리 나의 본향집
잔잔한 물결에 흐르는 소식
산산한 바람 속에 사랑을 싣고
어느덧 나는 여름 바다가 되고
미운 정 고운 정 모두 삭이네

한여름 둥근 달

검푸른 밤하늘 아주 저 멀리
시름없이 쳐다보는 그윽한 눈동자
중천에 홀로 뜬 허연 둥근 달

한여름 세상사 시달려 지쳤는가
수억 년 지킨 정조 짓밟힌 흔적
정마저 씻겨버려 서러운 얼굴

바라보면 볼수록 점점 더 멀리
애처로워 눈을 감고 다시 또 보면
핏기 없는 쓸쓸함 초연한 모습

제3부

모정(母情)

가냘픈 어머님 손이
내 손을 잡고
슬그머니 쥐어주신 지폐
초라한 심정으로
어금니를 물고
울 수도 없었소

못난 자식은
어머님 속을
까맣게 태우고
한을 씹으며 변명만 하다가
어느덧
어머님보다 더 살았소

가늘고 차가운 어머님 손은
한평생 내 맘에 깊게 새겨져
눈물과 통곡으로도
지울 수 없고
소리쳐 불러도
메아리조차 없구려

가을에 오는 님

향긋한 새벽 날개를 타고
닫힌 맘 문을 열며
높은 기상을 심어 줍니다

아련한 그리움에 떨며
흘러간 세월을 아쉬워할 때
국화꽃 향기는 눈물이 됩니다

세상의 모든 서러움이
흔들리는 코스모스 눈웃음에
애틋한 사랑이 됩니다

가을에 오시는 님은
황홀한 저녁노을 속에
영원한 소망을 심어 줍니다

어머니

어머닌
나의 영원한 노스탤지어

어렸을 때 어머닌 나의 모든 것
자라선 그저 그랬는데
어른이 되어선
어머닌 험한 세상 떠나시고
나는 알맹이 잃은 삶으로
늘 허전하고 서러웠습니다.

백발이 된 내 머리 속
花石이 된 달콤한 그리움이
생각사로 어머님은
아련한 눈물입니다.
영원한 사랑의 고향입니다.

그림자 없는 울타리

어릴 때
아버지 곁에 계셨는데
마음은 늘 허전했습니다.

사랑을 알게 되면서
아버진 세상을 떠나셨고
그리워 애타게 불러도
공허한 메아리조차 없습니다.

기억마저 사그라져 가는데
그리움만은 추억을 더듬으며
보석 같은 눈물이 하염없이 흘러도
차마 닦을 수가 없습니다.

아버지는
생명의 씨앗입니다.
그림자 없는 울타리입니다.

구월이 오면

구월에는
마음 문을 살며시 열고
보고픈 미소를 더듬어 본다
산산한 가을바람에 묻어
숱한 모습 스쳐가지만
그리워도 볼 수 없는 미소는
구월에 가신 어머니일 뿐

구월이 오면
내 곁을 떠난 님의 미소는
그리워 마음 조여도
차라리 지우려 해도
못내 지울 수 없는 이름
그것은 어머니입니다

사랑의 고향

야윈 몸에 칠 남매 낳아
밥물로 자식 키우고
한 칸 방 한 이불에 오물오물
똥오줌 세계지도 그린 요 이불
일일이 손빨래하신 강한 여인

궁둥이 때리며 목욕시키고
쥐어박고 야단맞던 자식
가을밤 등불 밑 소파에 앉아
따끈따끈한 커피 잔 들고
하염없이 멍한 상념에 젖어

보고파 그리운 마음
눈물 되어 잔만 채우네
어머닌 영원한
사랑의 고향입니다.

추석이 오면

동백기름 반질반질
붉은 댕기 쪽머리에 은비녀 꽂고
깔끔하게 치마저고리 단장하신
대청마루 한쪽에 앉아
호박전 동태전 빈대떡 부쳐
차례 상 준비하시던
반듯한 젊은 어머니

철없는 자식 얼쩡거리면
흠집난 전 하나 얼른 주시고
냉큼 받아 줄행랑쳐 먹던
향긋한 맛 그리고 기쁨
음식과 맛은 찾는다 해도
단아한 어머니 모습
어디서 뵈올꼬

그리워 가슴에 한이 서리고

외갓집 툇마루

엄마 따라 십오 리
징징 울며 따라간 초가을
신우리 시골 외갓집
청상과부로 사 남매 키운
내 어머닌 막내딸

어미 들들 볶는다고
야단치시던 외할머니
화롯불에 다리미 올려놓고
검은 콩 배때기 터지게 볶아
누룽지와 앙꼬모찌
호랑에 찔러주며 머리통 쥐어박고
나가 놀라던
자상하고 무서운 외할머니

초저녁 붉은 놀 따스한 햇살
선선한 툇마루에 걸터앉아
시름없는 상념에 젖으며
고소한 볶은 콩을 씹고

달콤한 앙꼬모찌 먹던
그때 그 시절은 지금 어디에

아련한 추억을 더듬으며
그립고 아쉬워 눈물을 삼킨다.
허연 머리
손 갈퀴질 하면서…

생명의 터전

아름답고 미쁜
아늑하고 평온한 품
세상에 낳고 세상을 배우고
사랑을 먹고 사랑을 깨닫는
하나님 닮은 유일한 존재

위대하고 거룩한
생명의 터전은
하늘은 아버지 땅은 어머니
부모는 생명의 영원한 고향

님의 미소

일터를 찾아 먼 곳에서
도끼로 콜타르를 깨고
마지막 주말에
초라한 모습으로 들어설 때
님은 밝은 미소로 맞아줍니다

객창에 드리운 달빛에 젖어
서럽고 안타까운 심사로
쓰라린 마음을 그리움으로 달랠 때
님은
눈물이 되어 상처를 씻어줍니다

가난은 사랑조차 멍들게 하고
엉크러진 삶으로 방황할 때
사랑하는 님의 따뜻한 미소는
내 맘에
용기와 소망의 싹을 키워줍니다

삶에 지쳐 님의 눈에 핏발이 서고
눈가에 잔주름이 짙게 파일 때
내 마음은 뽀얀 안개로 덮여져
님의 모습은
아지랑이 되어 아롱아롱합니다

추석맞이

초가을 깊은 밤
천지는 어두움이 가득 차고
은은하고 엄숙한 느낌은
옛 추억에 빠져드는데

살가운 가을바람
요요한 달빛은
어머님 닮아
아련한 눈물이 돌고

추석맞이로
검은 바지 흰 저고리 파란 조끼
고이 지어주신
어머님이 그리워

어느덧
백발이 된 자식은
부모님 모습을
눈물로 그려보나
아롱아롱 그릴 수 없어
애간장만 태우고…

추회(追懷)

낯설은 저산넘어 고향땅 아롱아롱
정든님 못내그려 꽃소식 기다리네
귓머리 흰서리에 애달픈 사연사연

산나물 탁주라도 옛정이 새록새록
낙엽솔 긁어모아 산가재 구어먹세
벗님네 어디두고 애증을 달래보나

푸른산 넓적바위 팔베개 드러누워
벽공의 푸른물이 눈속에 가득가득
맑은물 새소리에 영욕을 씻기누나

상흔(喪魂)

비바람 불던 날
삶은 파편처럼 흩어지고
님조차
기억을 지우며
죽음 곁으로 누워보다

오직 단 한 번의 인생
뉘 탓이랴
애달픈 사랑도
삭막한 심사도
천지간에 위로는 없고

생명의 여정(旅情)이
봄비가 되어
마른 가지에서 꽃을 본다

나이테

춘하추동을 업고 산
우뚝 솟은 낙락장송
인고의 세월 나이테
낙락장송의 금테 지도

촘촘하면 단단하고
선명하면 강하고

인간의 삶에 핀 나이테
인생의 경륜지도

한평생 돌아보며

한평생 살면서 꺾은 인생 길
내 한 일 이런저런 있는 듯해도
세상에서 얻은 것 거품뿐이네

아들 딸 애지중지 키웠다 해도
이제와 돌아보니 한숨뿐이고
마누라 허연 머리 안타깝구나

서산 넘는 해 잡고 하소연해도
붉은 놀 시뻘겋게 산을 적셔도
지난 세월 생채기 지울 수 없네

고향 만들기

세월 따라 70여 년 오락가락 흩어진 넋
호젓한 내 고향 그 어디랴!
삶의 얼 듬뿍 담긴 아련한 땅
내 비록 자녀를 위해
정든 집 꾸미려 하네
풋풋한 양반 냄새 풍기는 단양
산자락 실개천 틈에 고향 씨 뿌리고

매화꽃

화투장 이월에 활짝 핀 매화
겨울 내 찬 공기 매정한 세월
봄소식 제 먼저 알고 꽃잎 피우네

연분홍 첫사랑 은은한 꽃 내음
정든 님 보냈는가 찾아 왔는가
아무렴 어떠랴 애틋한 매화꽃

제4부

기도의 끈

칠흑 같은 절망 중에도
억색한 심정으로
애절하게 주님을 찾고 또 찾으면
처절한 신음소리 기도가
실핏줄처럼 새어나와
아련한 소망이 이슬비같이
생명에 생기를 뿌립니다.

소리 없는 세밀한 음성을
절절한 마음으로 들으면서
기도의 끈은 점점 로프가 되고
알 수 없는 감사와 환희가
샘물 되어 넘쳐납니다.

무릇 경건한 자는
주님을 만날 기회를 타서
주님께 기도할지라
홍수가 범람할지라도
저에게 미치지 못하리라(시32:6~7)

진실로 주님께 드리는 기도
은혜의 파이프 라인
생명과 사랑의 젖줄
사탄을 이기는 능력
파도에 좌정하시는 주님을
깨닫게 됩니다.

달콤한 눈물

정적(靜寂)도 깊이깊이 잠든
한밤중에 홀로
은은하고 세밀한 전율이
깊숙이 잠재된
영혼을 깨운다.

사랑의 메시지는
샛별처럼 뚜렷하게
생명이 사랑이라고
영생이 구원이라고
예수는 구세주라고

은혜는 파도처럼 출렁이는데
달콤한 눈물은
십자가에 달린 예수가
사랑의 열매라고…

최후의 만찬

맑은 하늘에 날벼락 치듯
예수는 고난 받고 죽임을 당한다 하네
베드로, 주여 그리 마옵소서 간하니
사탄아, 내 뒤로 물러가라

최후의 만찬 자리에서
"이 떡은 내 살이요
이 포도주는 내 언약의 피라"
하신 예수

지혜 없는 제자들
어안이 벙벙하여 설왕설래 하는데
오직 영악한 가룟유다 어이없어
스승을 은 삼십 냥에 팔았네

장사한 지 삼일 만에
무덤에서 다시 살아나신 예수

시름없이 초췌한 제자들
마가의 다락방 만찬 자리에 모여
전혀 기도하고 찬송하니 성령 임하여
만고에 빛나는 사도(使徒)가 되고

가롯유다 창자가 터져 피밭 되었네

사랑

원산지는 태초의 우주
수억 광년에 가득 찬 생명의 알맹이
언제나 어디서나 넘치기에
없다고 산다 오직 인간만

어미 없는 새끼 있을지라도
사랑 없는 생명 있을 건가?
영혼 없는 육체
육체 없는 영혼
거짓과 위선의 포장지 사랑

생명이 사랑이건만
人間만이 사랑을 찾고 헤맨다.

십자가의 꽃

흉악한 죄인 사형 틀 십자가
그것이 "영생의 꽃" 부활인 줄이야

한 영혼이 천하보다 귀히 여겨
죄인들 생명 구원하려고
사랑의 하나님 人間 되어
세상에 오신 그리스도 예수

그의 찔림과 상함은
우리의 허물과 죄악때문
그가 당한 징계와 채찍으로
우리가 평화와 나음을 얻었다 하네(사53:5)

그의 십자가 죽음은
오직 우리의 죄 값
부활의 생명은 "십자가의 꽃" 열매
그를 믿는 자밖에 누가 알랴

눈물 맛

내가 살아서
주님을 믿는다 하면
내 안에 주님은 없습니다

주님의 뜻을 따라
순종하며 사노라면
주님은
내 속에 계십니다

나를 위한 삶에는
죄짐으로 헤어나지 못하고
몸부림쳐도 하소연해도
믿음은 싹이 나지 않습니다

절절한 심정으로
주님을 찾고 또 찾으면
거짓된 껍질을 벗기시고
참된 自我 속에서
은은한 사랑의 음성을 듣는

마음의 문이 열립니다

주님이 내게 임하시면
교만과 위선의 거품이 꺼지고
믿음의 꽃
구원의 열매
참된 자유와 평안으로
희열의 눈물 맛을 느낍니다
주님의 사랑 안에서…

문 밖에 선 예수

고달픈 삶에 흐물거리는 심령
복 받고 부자 되는 길
많이 심으면 많이 걷고
교세 늘리는 자 복 받는다 하네

화려하고 웅장한 건물 속에
달콤한 능변과 세련된 제스처
철새처럼 모인 군중
교회가 복 받은 증거라는데

교세 자랑 건물 경쟁에
교파는 구름처럼 갈라지고
새 시대 새 바리새인
위풍당당하게 세상을 앞장서 가네

아름다운 대형 십자가
부귀와 명예로 번쩍이는데
교인은 많지만 성도는 어디에

너는 지금 무엇을 믿느냐
믿음 소망 사랑은 애드벌룬이냐

예수는 문 밖에서
시름없이 눈물만 뚝. 뚝. 뚝.

종착역 대합실

녹수는 흘러서 바다에 머물고
인생은 흘러서 사망에 이르네

삶에 마지막 역전(驛前)에서
旅情을 푸는 人間의 모습
하나같이 벌거벗은 알몸일 뿐

연극 끝난 분장실에서
화장을 지우는 배우처럼
거짓과 위선을 지운 깨끗한 얼굴
맑고 고운 아름다움이 배어나고

종착역 대합실 큰 거울에
人生事 발자취가 투영되는데
지옥 가는 자 천국 가는 자
이 땅에서 이루어지는 듯

고달픈 인생

공허한 곳에
말씀으로
하늘의 생명 땅에서 낳고
성령으로 새로워진 영혼은
생명의 꽃이 피고

말씀 없는 인생
하늘 없는 땅에서
열매 없는 생명으로
외롭고 고달픈 인생이어라

파랑새

꽃 피고 꾀꼬리 우는 깊은 산
파도가 밀려오는 아득한 수평선
물총새 날으는 고요한 호수
찾고 또 찾았건만 파랑새는
있는 듯 보이는 듯 그림자 없고
서럽고 안타까워 마음만 타네.

세월따라 발자취 더듬으며
다정한 속삭임 보고픈 얼굴들
어른어른거리는 사랑의 그림자
마침내 마음속에 웃음이 피네.
아, 파랑새는 사랑의 꽃이어라.

때를 기다리고 참으면

어둠 지나면 광명이 오고
미움 속에도 사랑이 있어
절망 뒤에는 소망이 오네

앞과 뒤는 하나면서 둘이고
알파와 오메가는 둘이면서 하나
저주가 끝나면 복이 따라오고
죽음 따라서 부활이 있다

세상사 돌고 돌아 호사다마(好事多魔)며
인간사 흘러흘러 *새옹지마(塞翁之馬)라

때를 기다리는 믿음 있으면
만사는 심은 대로 걷는다 하네

*새옹지마 : 인생의 길흉화복을 미리 헤아릴 수 없다는 말
〈회남자의 인간훈〉에서

98

우연(偶然)은 없다

자연 속에
생명 없는 것조차도
무한한 만물 속에
그리고 사이사이에
섭리는 역사(役事)하고

하물며 유한한 생명체랴
지혜 없는 우자에게
영원한 비밀일 뿐

창조도 진화도
모두모두
창조자의 뜻
우연은 결코 없다

영혼 없는 심령

심령의 크기만큼
사물은 채워지고
만물 속에 섭리는 역사(役事)하며
하나님의 뜻은
천지에 가득하건만

영혼 없는 심령은
오직 고독과 두려움 속에
우상과 탐욕에 빠져
영원한 갈증(渴症)에 허덕허덕
사망의 그림자는 언제나 눈앞에서
어른어른거리고…

길 잃은 양

높은 산 깊은 골짜기
길 잃은 병든 어린 양 찾아
멀고 험한 길 떠나시는 주님

병든 양 하나 쯤
버릴 만도 한데
잃은 양 하나 찾고 기뻐하시는
알 수 없는 예수의 사랑

병든 양에게 생명의 빛으로
위로와 소망을 주시는 이
한 영혼이 천하보다 귀하다고
예수밖에 또 누가 있으랴

베를린 돔

– 베를린교회

찬 비 부슬부슬 내리는
강 건너 화려하고 웅장한 교회
높은 꼭대기 화려한 금빛 십자가
봄비는 흘러흘러 적시고 있네

유명한 전자 오르간, 화려한 벽화
아름다운 조각품 가득한 교회
티켓을 사 들고 전망대에 올라
베를린 전경을 보는 관광의 명소되어

찬송 기도 없는 썰렁한 교회
정오를 알리는 종소리
덩그렁 덩그렁 슈프레강 물에 잠기고
나그네 홀로 서서 한숨 지우네

참된 평안

고요는 어두움이 제멋이라
외로운 담황색 가로등은
한밤의 사색을 지피고
공연한 서러움에 젖어
잊혀진 얼굴이 그리워지는 것은
세월의 탓만은 아닌 듯…

인생의 한복판에서
늙음의 회한도 서러움도 잊고
초연히 죽음을 벗어나
담담하게 생애를 되돌아본다.

세상은 홀로 왔다 홀로 가는 곳
빈손으로 와서 빈손으로 가고
삶의 헛된 욕심을 털어내면
기상(氣像)은 하늘을 날으고
샘물 같은 평안이
심령에 넘쳐 흐르네.

사구라꽃

꽃샘바람 끝날 무렵
따사한 햇살 맞으며
뽀얗게 분장한 작부의 얼굴같이
호들갑스럽게 활짝 웃는 꽃

며칠간 화사하게 천지(天地)를 홀리다가
봄바람에 우수수 꽃잎 떨어져
꽃잔치 마친 후 꽃길 만드는 꽃
바람둥이 휘파람 불며 밟고 가는 길

새벽 눈물

고요가 맴도는 새벽
생명이 멈춘 듯- 쉼의 시간이 흐르고
깊숙한 명상에 잠기면
태초의 생명이 충전되는 소리
왜 그런지 그 소리는
초라하고 추한 자아상이 보여져
이유 없는 뜨거운 눈물 한 방울
숙연하게 마음은 보링되고
새벽 눈물은 꽃보다 아름다워
진실로 심령의 정제수

젖 먹이는 젊은 여인

어느 시골 작은 식당 한구석에서
남 몰래 수줍은 듯 그러나 당당하게
젖 먹이는 젊은 여인 보았네

거룩하고 성스러운 모습
한 떨기 아름다운 천상의 꽃이어라
내 가슴 마냥 신비롭게 설레이고

생명을 낳고 여린 생명에게
생명선을 잇는 사랑의 몸짓
보고 또 보고, 보고 또 보았네

젖을 빠는 아기의 천연한 평안
젖을 물린 엄마의 만족한 보람
이보다 더 아름다움이 어디에 있으랴!

천지간에 피는 우주의 꽃이여

영원한 생명

사납고 강팍하고 급한 건
생명을 갉아먹는 좀

유연하고 온유하고 오래 참는 건
생명을 지키는 보양

탐욕과 이기주의는
멸망의 길을 뚫는 도구

지식과 지혜는
생명의 길을 찾는 나침판

인간은 존귀하나 타락한 인간은
멸망하는 짐승과 같다.

오- 주님 난 몰라요 몰라

잠 못 이루는 삼경
조용히 엎드려 주님을 찾는데
주님은 간 데 없고 알 수 없는 울림

세상은 요지경 속 믿음이 없고
기쁜 건 바람같이 스쳐가고
슬픈 건 쓰레기 되어 자꾸만 쌓여

수천 리 이국 땅에 사는 자식
그리다가 지쳐 잊으려 해도
자식 사랑이 고작 이런 것인가

눈물 한 방울 떨어지려 하는데
"눈물을 흘리며 씨를 뿌리는 자는
기쁨으로 거두리로다" 하시네(시126:5)

끝까지 참고 최선을 다하라 하시는 뜻
알 듯 모를 듯… 오-주님
난 몰라요 몰라, 정말 모르겠어요.

제5부

탐욕

먹고 또 먹고
하고 또 하고
보고 또 보고
갖고 또 갖고

금강산을 삼킨들
어찌 삭이며
밴댕이 콧구멍에
청풍명월이 될 법이냐!

밑 빠진 독에
한없는 물 붓기

탐욕은 사탄의 훈장

떼거리

꾀자기 살금살금 세를 모아
요리조리 거미줄 쳐 얽어매고
깡다구 센 자 튀어나와
요령껏 형편 따라 객기 부리면
횡재하고 출세 길 열리는 세상

잘한다 할 만하다 함께 하자
들쥐처럼 몰려드는 행패
너 죽고 나 죽자, 누가 당하랴?
꼬투리 잡고 핑계대고 들러붙고

눈물이 납니다

산속에 버려진 신발짝처럼
죽어가는 생명 헌신하며
돌보는 의로운 사람

새벽부터 밤까지 손톱이 닳도록
눈물 젖은 푼돈 모아 남 몰래
몽땅 드리는 천사

마음이 울렁거려 눈물 납니다.

막말과 사술로 교언영색하고
말끝마다 국민과 민주를 나팔 불며
오로지 권력만 탐하는 모리배

생각사로 분통터져 눈물 납니다.

방기된 파편

비탈에 선 큰 바위
밑자락에 깔린 조각 돌
꿈틀대면 조여들고
생각조차 하얗게 되어
죽은 듯 엎으러져
철부지 독재자에 아첨하며
열광하는 눈물겨운 군상(群像)

죄 없는 백성 앵벌이로
거슬리는 자 요덕수용소로
반반한 국민 외화벌이로

춥고 배곯는 신음소리
기약 없는 통일을 꿈꾸며
낮에는 밤을 찾고
밤에는 별빛을 더듬으며
인생의 뒤안길에서
헐떡이는 북녘 동포

얄미운 키스

무너진 베를린 장벽
해골바가지, 살려고 발버둥치는 모습
울부짖는 귀신, 휘둘러 쓴 낙서
그중에 눈길을 박는 얄미운 키스 신
무아경에 빠진 두 남자의 뜨거운 입맞춤

오직 조국을 사랑하기에
민족의 단결을 위해
막힌 땅 하나로 묶는 순간
모든 것 하얗게 태우고
두 남자 몸을 떨며 환희에 빠진다.

미치도록 부러운 모습
눈물 나도록 얄미운 키스
아, 무너진 베를린 장벽이여!

별똥별

검은 밤 높은 하늘에서
강한 光線을 긋고
땅 위에 새 길을 튼
소멸하는 별똥별

쓰러진 썩은 갈대 같은
노약자와 낙오자 그리고
갑을관계의 을군(乙群)
삶에 새 길을 갈망하는데

달콤한 바람 강한 光線처럼
멋진 회오리바람으로
순하고 천진한 사람들
허기진 뱃가죽에 바람 채우고

끈끈한 거미줄에 걸려
웃지도 울지도 못하는 야릇한 분노

핑계

사나이 중에 사나이
말술 마시고 객기 부려도
근심과 두려움 가슴에 이글이글

뒷산에 호랑이 있어
개천에서 피라미 잡으며
만만한 자에게 늑대가 되어도
두목 앞에는 물에 빠진 생쥐

일마다 때마다 핑계만 찾고
초라하고 비루한 꼴
술 탓이라, 네 탓이라 하네

울부짖는 미친 개

목줄 끊고 도망쳐 나와
불안과 고독에 방황하는
으슥한 새벽녘 개 울음소리
허공에 떠도는 귀신의 곡성

사랑의 품을 떠난 자유
굶주림과 곤고함에 시달리고
살기등등한 충혈된 눈동자
죽음의 공포로 미쳐간다.

절제 없는 자유는 끈 없는 풍선
이성 잃은 미치광이처럼
으슥한 새벽녘에 울고 헤맨다.

떠도는 길

허공을 떠도는 바람
길 없는 길을 만들고
빈틈을 찾는 사기꾼의 눈동자
튈 길 모르는 메뚜기 같다

콜롬버스처럼 신대륙을 찾는다며
명분과 실리에 따른 꼬부랑 길

토네이도가 쓸고 간 자리
흘러가는 구름길도

길이 아니고 무엇이랴
어떤 사람의 주장대로

동방의 불씨

태양이 떠오르는 강산
땅줄기 씨앗이요 창해는 첫 발
고요한 동토를 뚫고 솟아오르는
유구한 역사 배달의 겨레
청청한 대나무 숲이련가

깊은 잠 깨어 용트림 할 때
같잖고 어설픈 짓 꼴불견처럼
칠거지악 이념갈등 극한대립
뒤범벅 진창일지라도
조만간 불현듯 태풍은 멈추리라

삼천리 금수강산 온 국민 합일하여
민족의 꿈 조국통일 이루리니
개천에서 용 났다는 말
이 강산 이름이라
날마다 그날이 눈앞에 어른어른

오천 년 역사에 불꽃 피우자

나이아가라폭포, 이과수폭포
웅장한 물줄기 떨어지며
물보라 하늘로 솟아오르네

문화의 꽃밭 삼천리 강산
짬짬이 삼키려 엿보는 살쾡이
이제도 암상떨며 생떼 쓰네

동포여, 배달의 민족이여
갓 쓰고 도포 입고 체통 차리다
여자는 위안부 남자는 총알받이

사십여 년 절망 속에
아비규환의 세월
이제는 흘러간 추억이런가

삼천리 금수강산 칠천만 겨레여
삼일정신 되살려 꿈에서 깨어나
통일의 깃발 들고 솟아올라라
물보라 불보라 빛보라 일으켜
오천 년 역사에 불꽃 피우자

새벽 종 울린다

나의 본향은 천국
우리의 조국은 대한민국

조상의 핏줄 면면히 이어 온
민족의 정신 홍익인간

공리공론으로 당쟁하다 나라 잃고
사십여 년 얼먹은 세월에 혼백이 빠져

해방은 얻었으나 국토는 분단되고
북녘 땅 우상 정치는 백성을 세뇌시켜

동족상쟁은 어언 칠십여 년
때가 찼으니 이제 끝내자

깨어라, 일어나라, 새벽 종 울린다
동해에 찬란한 태양 솟아오른다

무궁화

양갓집 잔칫날 맏며느리 옷차림
의연하고 품위 있는 청조한 꽃
아침에 피고 해질 녘 꽃잎 오므려
말끔하게 떨어지는 꽃봉오리 무궁화

푸른 잎 사이사이에 몸매 자랑
떳떳한 귀부인 밝은 미소 같아라
한여름 무더위 시달림 없이
꿋꿋이 피고 지는 의지의 꽃 무궁화

브라질월드컵

  – 손흥민 선수의 눈물을 보고

16강에서 석패한 대한의 축구 용사들
아쉬움이 있을지라도
눈물은 흘리지 마시구료
떨어지는 눈물은 그뿐
눈물을 이를 물고 삼키면
돌 같은 응어리가 열려
내일을 향한 깃발이 되고
온 국민이 하나로 봉기하여
오–필승 코리아, 오–필승 코리아
하늘 장막을 뚫으리

69주년 8·15 광복절

광복절, 얼마나 벅찬 감격의 날이냐 !
비록 도움 받은 해방이나, 조국은 찾고
할퀸 상흔을 덮은 씁쓸한 기쁨일지라도

국토는 두 토막이고 국론은 사분오열되고
동족상쟁으로 역사는 수렁에 빠졌다.
그래도, 민주와 경제를 꽃피운 대한민국

100여 년 전 조상님, 갓 쓰고 갑론을박하다가
나라 뺏겨 여자는 위안부 남자는 총알받이
이제 대한민국 꼼수꾼 투견장 만드려는가?

미친 개 살쾡이 능구렁이 짬만 보는데
광복절 벅찬 감격 비구름 덮치려 하네
이 민족 사는 길 오직 통일 대한민국

통일은 온전한 광복, 평화의 꽃길.

아! 세월호 참사

사랑이 꽃피는 계절
아리땁고 발랄한 귀한 꽃봉오리
거친 찬 바다에 생명 잃었네

관피아의 질긴 그물에 걸린 먹이사슬
탐욕에 빠진 *사교마피아의 덫 때문

악습이 적폐되면 오감은 마비되고
부정, 비리는 사단(事端)이 나게 마련

적폐는 단호히 도려내고
법과 제도는 새롭게 올바로 고치면
행여나, 한 호리라도 보답될까?

부모님, 보호자님
귀한 꽃봉오리 가슴에 고이 묻고
피 어린 눈물 닦아 새 삶을 살면
천상 꽃봉오리의 바람 아닐까?

말은 입속에서 맴돌고
애끓는 눈물 하얗게 마르고
하늘이 통곡한들…
천지간에 위로는 없고

아, 애처롭고 야속한 인생이여!

*사교마피아 : 사악한 수단으로 돈만 탐욕하는 이단종교 집단

파리채

너저분한 식탁 위 음식 찌꺼기

한 마리 파리 앉더니 어느새 파리 떼

쫓아도 날지 않고 새까맣게 모여

소름 끼치고 징그러운데

주방 아줌마 파리채로 두서너 번

후려치니 몰살 당하고

쓸고 훔쳐내니 깔끔해져

투견장에서

날렵하고 위풍당당한 세파도
삼킬 듯 으스스한 번득이는 눈빛
헐떡거리며 늘어뜨린 긴 혀

짜리몽땅한 다부진 몸매
멍청한 듯 우두커니 서서
아무 일 없는 듯 느긋한 진돗개

후다닥 엎치락뒤치락 엉켜 붙더니
갑자기 깨갱 깽 깽 축 늘어진 세파도
진돗개 명줄 물고 흔들어 대네

뚜렷한 목표 속에 어리는 빛 꽃피운 詩

李 姓 敎_시인

1. 오랫동안 기다려온 봄, 새로 피는 꽃

역사는 하루아침에 이루어지지 않는다. 오랜 시련과 탐험을 통해서 새 빛을 보게 되는 것이다.

꽃이 피는 과정에서 나무를 보더라도 잘 알 수 있다. 그 나무가 땅에 심어져 크게 자라 꽃피기까지에는 그 환경에 적응하여 온갖 풍화작용을 통해서 뿌리가 내려지고 잎이 피어지고 줄기가 뻗어 드디어 꽃을 피우게 되는 것이다.

이세영 시인은 처음은 몰랐지만 차츰 살면서 되어지는 일을 보고 눈에 보이지 않는 절대자의 뜻을 깨닫고 사는 것 같다. 그런 가운데 시련도 많았고 환희도 어느 정도 맛보고 삶의 의미를 차츰 깨닫고 살고 있다.

그는 1939년 서울(적선동)에서 1녀 6남 중 차남으로 태어났다. 특히 그의 가통은 유교적 정신에 의하여 충효사상이 강한 집안이었다. 나라를 위해 종중조부(필희) 독립무공훈장, 조부(규현)는 애국무공훈장을 각각 받아 집안을 빛내었다. 그의 부친(민봉)도 당시 서울에서 이름을 날리던 한의사였다.

이세영 시인은 비교적 무난한 가정에서 중학교에 들어갈 무렵 민족의 큰 수난인 6.25를 맞게 되었다. 여기에서 이세영 시인의 소년기는 서울 아닌 지방에서 보내게 되었다. 온천지로 알려진 온양에 피난을 가서 한참 감성이 아름답던 시절 중·고등학교 시절을 보내게 되었다. 정서면에서 한참 다른 서울과 지방 차이는 큰 것이다. 서울에서 볼 수 없었던 자연을 보는 눈과 감각은 마냥 새로웠던 것이다. 보는 하늘도 높고 물도 깨끗하고 나무 위에서 우는 새소리도 달랐다.

아침에 피는 꽃

뽀얗게 쏟아지는
아침 햇살
숲 속의 잎들
얼굴을 내밀고

엄마의 포근한 품에서
젖꼭지 물고 잠든 아기같이
찬란한 태양을 빨며
미풍에 살랑살랑
왈츠를 추면서도
떨어질 줄 모르는
뜨거운 포옹

싱그럽고 절절한 생명
별빛처럼 반짝반짝
아침에 피는 꽃이여

사랑의 메시지는 온 누리에…

여기에서 보는 자연의 빛은 너무도 순수했다. 〈뽀얗게 쏟아지는 아침 햇살 / 숲속의 잎들 / 얼굴을 내밀고〉에서 그 미감을 찾아볼 수 있다.

둘째 연에서 그것을 〈엄마의 포근한 품〉으로 제시하면서 아침 햇살을 받는 숲속의 잎들을 젖꼭지 물고 잠든 아기와 비유하여 〈찬란한 태양을 빨며 / 미풍에 살랑살랑 / 왈츠를 추면서도 / 떨어질 줄 모르는 / 뜨거운 포옹〉이라고 극적인 표현을 했다.

이러한 자연 친화의식은 나중 그의 모든 시에 감동을 유발하는 윤활

유가 되었다. 그의 이상은 자연이 숨 쉬는 시골에서 움트기 시작했다.

그는 이상을 펼치기 위해 상경하여 성균관대학교 행정학과에 입학했다. 그는 행정학 공부를 하면서도 한편에는 인생의 회의심 같은 것이 떠올라서 고뇌에 잠기기도 했다. 이 무렵에 문학책을 비롯하여 많은 책을 읽어 한때 주변에서 독서광이라고까지 했다.

이런 학업생활 가운데서도 문학을 좋아하여 그 무렵에 밖에서 자주 열리던 성균의 밤에 참석하여 많은 감동을 받았다고 했다. 이러한 분위기에 젖게 된 것도 당시 교양 국어를 강의하던 월탄 박종화 선생의 영향이 컸다고 진술했다.

이것을 종합해 볼 때 바로 이 무렵이 이세영 시인이 마음 깊숙이 문학의 뿌리를 내린 기간이 아니었나 생각된다.

대학을 나와 사회 여러 곳에서 활약하다가 그동안에 쌓았던 경험과 식견을 살려 다시 햇빛을 불러들여 작품을 쓰기 시작했다.

살아온 연륜에 비해 늦게나마 작품을 선보여 제일 처음 수필 '딴따라', '늙은 아내'로 「코리아문학」지에서 추천을 받아 등단했고, 이것을 기반으로 하여 오랫동안 써 오던 시세계를 선보여 「서울문학」지에서 시인으로 재 등단했다.

그는 특별히 시 〈당선소감〉에서 그의 깊은 시 정신을 솔직히 진실하게 잘 표현했다. 그것의 일단을 보면

> "글은 쓰고 싶었습니다. 맺혀 있는 응어리를 풀기 위해서는 글밖에 없는 듯해서… 글을 쓰며 웃기도 울기도 했습니다. 하지만 여전히 허기지고 갑갑한 것은 풀 수가 없었습니다. … 시인이기 때문에 시를 쓰기 보다는 어긋나고 헝클어진 삶을 풀어 대자연의 순리대로 아름다움을 노래하기 위하여 더욱 노력하겠습니다."

라고 했다. 특별히 여기에서 시를 쓰고 살되 대자연의 순리대로 아름다움을 노래하겠다는 것이 큰 정신이다.

이제 인생의 한 고비 70을 넘긴 때 새로 시를 쓰고 그것을 시집 한권으로 묶겠다는 뜻을 어느 정도 알 것도 같다.

2. 회고와 생활의 노래

좋은 문학은 인생 깊은 체험에서 열린다. 거기에는 눈물도 있고 웃음도 있고 한숨도 있고 기쁨도 있다. 그 체험의 결과에서 인생이 추구하고자 하는 진실과 아름다움이 있다.

이세영 시인은 이제 인생의 깊은 체험 속에서 글을 쓰고 있다. 그는 이번 상재하는 시집 머리말에서 그 진실을 쏟고 있다.

"나의 시 세계는 인생 70을 넘겨 시작되었으니 갈 길은 짧고 하고픈 이야기는 많아 삶의 경륜 속에서 찾을 수밖에.

인생은 아름다운 것, 새로운 것, 자아의 실현을 위하여 희망을 가지고 싸운다고 하지만 내겐 늘 가래가 목에 낀 것처럼 컬컬하였기에 그것을 토해낼 길은 시를 통하여 배설할 수가 있는 것 같았다. 서투르지만 아주 조금씩 글을 쓰면서 고민과 그리움 때로는 소망을 詩作을 통하여 풀어낼 때 뜨듯한 눈물은 차라리 환희라고 하겠다."

여기에서 볼 수 있듯이 인생살이는 단순하지 않았음을 고백하고 있다. 그런 가운데서도 끝까지 〈아름다운 것〉〈새로운 것〉의 자아실현의 희망을 가지고 살았음을 은근히 시사해주고 있다.

오랜 인생을 살은 사람에겐 그동안 살아온 것의 옛 얘기, 추억이 많이 열려오기 마련이다. 어쩌면 인간은 현실에 발을 딛고 살면서 다른 한편 머릿속엔 어떤 이상을 그리고 있다.

> 詩는 사랑입니다
> 겨울 내 겹겹이 쌓인 눈
> 봄눈 녹이듯 방울방울
> 생명을 키우는
> 사랑의 눈물입니다
>
> 詩는 정입니다
> 험한 산 길목을 막는

태산 같은 큰 바위
조각조각 찍어내는
의지의 정입니다

詩는 거울입니다
음험한 세상 틈에 끼여
갈팡질팡하는 自我
잔잔한 호수에 비치는
깔끔한 거울입니다

詩는 생명입니다
가난과 질고에 좌절된 삶
소망과 용기의 싹
소록소록 키우는
생명의 눈물입니다

'시는 길잡이' 전문

이것은 인생 전반의 이상, 시론을 짧은 말로 잘 드러내고 있다.
〈詩는 사랑〉 〈詩는 정〉 〈詩는 거울〉 〈詩는 생명〉 이 네 가지를 전제하
고 있다. 한 전제마다 그것의 설명을 비유로 하여 4행으로 나타내고 있
다.
한 예로 〈詩는 사랑입니다〉 첫 전제를 보더라도 일품이다. 〈사랑〉을
설명하기를 〈생명을 키우는 사랑의 눈물입니다〉라고 그 본질을 드러내
었다는 점이다.
이세영 시인은 뛰어난 시 정신으로 자연을 보는 눈도 색다르다. 그
자연 속에 과거에 맺힌 온갖 추억의 색깔이 열려 있다.

향긋한 새벽 날개를 타고
닫힌 맘 문을 열며
높은 기상 심어 줍니다

아련한 그리움에 떨며
흘러간 세월 아쉬워할 때
국화꽃 향기 눈물이 됩니다

세상의 모든 서러움
흔들리는 코스모스 눈웃음
애틋한 사랑이 됩니다

가을에 오시는 님
황홀한 저녁노을 속에
영원한 소망 심어 줍니다

'가을에 오는 님' 전문

옛날을 돌아보는 그의 회상 시엔 살아온 이야기와 함께 생활 속에 녹아난 자연이 많다. 이렇게 보면 자연은 생활 속에 없지 못할 큰 에너지인 것이다.

위에서 보는 〈가을에 오는 님〉은 모든 것의 바람이라고 했다. 이것을 구체적으로 설명하여 〈가을에 오는 님〉을 첫 연에서 〈향긋한 새벽 날개를 타고 / 닫힌 맘 문을 열며 / 높은 기상 심어 줍니다〉고 했고, 마지막 연에 가서 〈황홀한 저녁노을 속에 / 영원한 소망〉이라고 했다.

추억 속의 자연은 어린 시절 외가댁을 회상하는 시에도 여실히 잘 나타나 있다.

엄마 따라 십오 리
징징 울며 따라간 초가을
신우리 시골 외갓집
청상과부로 사남매 키운
내 어머닌 막내 딸

어미 들들 볶는다고

야단치시던 외할머니
화롯불에 다리미 올려놓고
검은 콩 배때기 터지게 볶아
누룽지와 앙꼬모찌
호랑에 찔러주며 머리통 쥐어박고
나가 놀라던
자상하고 무서운 외할머니

초저녁 붉은 놀 따스한 햇살
선선한 툇마루에 걸터앉아
시름없는 상념에 젖으며
고소한 볶은 콩을 씹고
달콤한 앙꼬모찌 먹던
그때 그 시절은 지금 어디에

아련한 추억을 더듬으며
그립고 아쉬워 눈물을 삼킨다
허연 머리
손 갈퀴질 하면서…

'외갓집 툇마루' 전문

이 시에서 분위기를 첫 연에서 자세히 볼 수 있다. 〈엄마 따라 십오
리 / 징징 울며 따라간 초가을 / 신우리 시골 외갓집〉이 눈으로 보는 듯
하다.

특히 청상과부로 홀로 사는 외할머니의 모습, 성격이 자세히 그려져
있다. 둘째 연에서 〈어미 들들 볶는다고 / 야단치시던 외할머니 / 화롯
불에 다리미 올려놓고 / 검은 콩 배때기 터지게 볶아 / 누룽지와 앙꼬모
찌 / 호랑에 찔러주며 머리통 쥐어박고 / 나가 놀라던 / 자상하고 무서
운 외할머니〉의 모습은 그리운 대상이 되어 눈물겹기만 하다.

끝 연에서도 자연의 아름다움이 새겨져 있다. 〈초저녁 붉은 놀 따스

한 햇살 / 선선한 툇마루에 걸터앉아 / 시름없는 상념에 젖으며 / 고소한 볶은 콩을 씹고〉 등은 그리운 이야기가 되어 영원히 남는다.

　이세영 시인의 회상시 가운데 어릴 때 이야기와 더불어 사랑을 많이 준 어머니 회상이 제일 크다.

　　　가냘픈 어머님 손
　　　내 손을 잡고
　　　슬그머니 쥐어주신 지폐
　　　초라한 심정으로
　　　어금니를 물고
　　　울 수도 없었소

　　　못난 자식
　　　어머님 속을
　　　까맣게 태우고
　　　한을 씹으며 변명만 하다가
　　　어느덧
　　　어머님보다 더 살았소

　　　가늘고 차가운 어머님 손
　　　한 평생 내 맘에 깊게 새겨져
　　　눈물과 통곡으로도
　　　지울 수 없고
　　　소리쳐 불러도
　　　메아리조차 없구려

　　　　　　　'母情' 전문

　누구에게나 어머니를 생각하는 정은 큰 것이다. 더구나 어머니 부재 시 어머니를 생각하는 마음은 너무도 아픈 것이다. 그래서 사랑의 詩 가운데도 어머니를 노래한 시가 제일 진실하고 감동이 크다.

이 시 제일 마지막 연 〈가늘고 차가운 어머님 손 / 한평생 내 맘에 깊게 새겨져 / 눈물과 통곡으로도 / 지울 수 없고 / 소리쳐 불러도 / 메아리조차 없구려〉는 회한의 심정을 잘 나타낸 대목이다.

이 외에도 어머니 사랑을 많이 노래한 시가 여러 편 있다. 그 속에 절절한 사연을 담은 구절을 특별히 빼보면 다음과 같다.

〈동백기름 반질반질 / 붉은 댕기 쪽머리에 은비녀 꽂고 / 깔끔하게 치마저고리 단장하신 / 대청마루 한쪽에 앉아 / 호박전 동태전 빈대떡 부쳐 / 차례 상 준비하시던 / 반듯한 젊은 어머니〉 '추석이 오면' 에서

〈야윈 몸에 칠 남매 낳아 / 밥물로 자식 키우고 / 한 칸 방 한 이불에 오물오물 / 똥오줌 세계지도 그린 요 이불 / 일일이 손빨래하신 강한 여인〉 '사랑의 고향' 에서

〈구월에는 : / 마음 문을 살며시 열고 / 보고픈 미소를 더듬어 본다 / 산산한 가을바람에 묻어 / 숱한 모습 스쳐가지만 / 그리워도 볼 수 없는 미소는 / 구월에 가신 어머니일 뿐〉 '구월이 오면' 에서

〈어머닌 / 나의 영원한 노스텔지어 // 어렸을 때 / 어머닌 나의 모든 것 / 자라선 그저 그랬는데 / 어른이 되어선 / 어머님 / 험한 세상을 떠나시고 / 나는 / 알맹이 잃은 삶으로 / 늘 허전하고 서러웠습니다〉 '어머니' 에서

어머니를 회상하는 시 이외에도 그의 시에서는 자연 예찬의 시도 많았다. 그만치 그는 자연친화 속에서 생활을 아름답게 가꾸어 갔다.

특별히 그의 시에서 자연의 빛을 시속에 잘 담아 감동을 준 시가 많다. 그 중에도 〈자연 속에서〉〈고목〉〈낙조의 삶〉〈동강다리〉〈아리랑 봄처녀〉〈춘삼월의 눈〉〈五月의 태양〉 등은 빼어난 시다.

3. 뚜렷한 목표 속에 어리는 빛 꽃 피운 詩

목표가 뚜렷한 사람 앞에는 그 성취하고자 하는 대상이 어릿어릿 빛으로 어려 온다. 이것이 희망이다. 이 희망 속에 모든 것을 투자하고 산

다. 비록 눈앞에 캄캄한 것이 열려 와도 그것에는 온기가 있기 마련이다. 그러므로 인생에 있어서 성공 여부는 삶에 있어서 인생의 방향을 어떻게 세우느냐에 달려있다.

이세영 시인이 오늘이 있기까지는 많은 인생의 수업기를 거쳐 온 사람이다. 여기에서 큰 빛을 얻은 것이 신앙이었다. 신앙을 가짐으로 말미암아 삶이 밝았고, 감사로 찼고 방향이 뚜렷했다.

높은 산 깊은 골짜기
길 잃은 병든 어린 양 찾아
멀고 험한 길 떠나시는 주님

병든 양 하나 쯤
버릴만도 한데
잃은 양 하나 찾고 기뻐하시는
알 수 없는 예수의 사랑

병든 양에게 생명의 빛으로
위로와 소망을 주시는 이
한 영혼이 천하보다 귀하다고
예수 밖에 또 누가 있으랴

'길 잃은 양' 전문

자연 속에
생명 없는 것조차도
무한한 만물 속에
그리고 사이사이에
섭리는 역사(役事)하고

하물며 유한한 생명체랴
지혜 없는 우자에게

영원한 비밀일 뿐

창조도 진화도
모두 모두
창조자의 뜻
우연은 결코 없다

'우연은 없다' 전문

이 두 시에서 똑같이 하나님의 사랑과 섭리를 느낄 수 있다.

앞의 시에서는 한 영혼이 천하보다 귀함을 손수 실천하신 예수님의 사랑을 구체적으로 노래했다. 〈잃은 양 하나 찾고 기뻐하시는 / 알 수 없는 예수의 사랑 // 병든 양에게 생명의 빛으로 / 위로와 소망을 주시는 이〉라고 감동 깊게 표현했다.

뒤의 시에서는 창조론을 뒷받침하여 이 세상에 생겨난 모든 것 인생살이가 이미 하나님의 예정 속에 하나님의 뜻으로 행해짐을 노래했다.

1연에서 〈자연 속에 / 생명 없는 것조차도 / 무한한 만물 속에 / 그리고 사이사이에 / 섭리는 역사하고〉라고 전제하고, 제일 끝에 가서 〈창조도 진화도 / 모두모두 / 창조자의 뜻〉이라고 강조했다.

이러한 신앙을 갖기까지 그에게는 많은 역사가 뒤따랐다. 더구나 엄격한 유교 가정에서 자란 그에게는 기독교 신앙을 받아들이기에는 더욱 어려웠다. 그가 하나님을 구세주로 받아들인 것은 인생 새 출발의 결혼 이후였다. 열심히 교회에 나가 기도하며 성령을 체험하고 난 다음부터였다.

칠흑 같은 절망 중에도
억색한 심정으로
애절하게 주님을 찾고 또 찾으면
처절한 신음소리 기도
실핏줄처럼 새어나와
아련한 소망이 이슬비같이
생명에 생기를 뿌립니다

소리 없는 세밀한 음성
절절한 마음으로 들으면서
기도의 끈은 점점 로프가 되고
알 수 없는 감사와 환히
샘물 되어 넘쳐납니다

'기도의 끈' 일부

이 시에서도 단순한 기도문보다는 시로서의 높은 표현도 쉽게 구사되어 있음을 볼 수 있다. 〈애절하게 주님을 찾고 또 찾으면 / 처절한 신음소리 기도 / 실핏줄처럼 새어나와 / 아련한 소망이 이슬비 같이 / 생명에 생기를 뿌립니다〉는 기도의 깊은 세계를 드러내는 것으로 많은 감동을 주고 있다. 여기에서 볼 수 있듯이 이세영 시인의 신앙시는 보통 얘기하는 신앙시와는 다르다. 단순한 기도를 담은 시가 아니다. 그 안에 높은 정신이 담겨 있고 시로서의 묘미가 숨겨져 있다.

그의 시에는 소망이 있고 사랑이 있고 감사가 있다. 이것은 항상 밖으로 드러내지 않고 속으로 숨겨져 있다.

그는 나중 목사가 되어 남에게 베푸는 생활의 일환으로 단양에서 무의탁 노인을 돌보는 일(사랑과 은혜의 집)도 했다.

산속에 버려진 신발짝처럼
죽어가는 생명을
헌신하며 돌보는 의로운 사람

새벽부터 밤까지 손톱이 닳도록
눈물젖은 푼돈을 모아
남 몰래 몽땅 드리는 기부천사
마음이 울렁거려 눈물이 납니다

'눈물이 납니다' 일부

이 시는 눈물의 돈을 남을 위해 바친 그 의로운 정신을 찬양한 시다.
1연 〈산속에 버려진 신발짝처럼 / 죽어가는 생명을 / 헌신하며 돌보는
의로운 사람〉 참으로 그 사랑 눈물겹고 위대하다.

위의 시에서 기독교의 큰 정신 〈사랑〉을 잘 나타내었다.

> 세월따라 70여 년 오락가락 흩어진 넋
> 호적한 내 고향 그 어디랴!
> 삶의 얼 듬뿍 담긴 아련한 땅
> 내 비록 자녀를 위해
> 정든 집 꾸미려하네
> 풋풋한 양반 냄새 풍기는 단양
> 산자락 실개천 틈에 고향 씨 뿌리고,

'고향 만들기' 전문

신앙인 이세영 시인의 후반기 인생을 보는 듯하다. 원 고향은 아닌데
이 곳(단양 매포읍 평등리)에 옮겨 살면서 새로운 고향을 만들고 싶다는
소망이 잘 담겨있다.

자연이 있는 곳, 마음이 깨끗해지는 곳, 정다운 사람들이 많이 있는
곳, 영원한 고향을 바라보는 곳이라서 더욱 감화가 컸다.

이상으로 이세영 시인의 여러 작품을 나름대로 살펴볼 때 그는 착실
하게 인생을 살았으며 뚜렷한 신앙과 함께 그것을 시로 잘 표현한 시인
이라고 말할 수 있다.

바라건데는 오늘 이 첫 시집을 발판으로 하여 더 좋은 시를 많이 쓰
시길 기원한다.